Un dandy italiano irascible lanza su piano desde su balcón. Un pintor novohispano bebe un elíxir que le permite ver el futuro. Una famosa videoasta siria desaparece súbitamente por las calles de Jerusalén. En 1977 un cura en Sevilla descubre, debajo de un armario, un manuscrito que resulta ser la primera ópera escrita en las Américas. Un compositor negro norteamericano escribe una obra en los años cincuenta que presagia la decadencia del imperio norteamericano. Siguiendo el dictado de Hermes Trismegisto, Giordano Bruno escribe su obra maestra sabiendo que ésta lo conducirá a la hoguera. La vida de un soldado israelí termina en las manos de una niña palestina. Una mujer de la aristocracia de la Nueva Inglaterra decide morir enterrada en vida antes de descender de clase.

Las Brujas de Tepoztlán (y otras óperas inéditas) presenta los casos de cuatro óperas disímiles y sospechosamente oscuras, escritas por compositores que, de acuerdo al autor, "están tan olvidados que podrían ser ficticios", para realizar una fuga a cuatro voces en las tres modalidades de rigor que nos exige el género de la ópera: dramaturgia, escenario y música. Y es en esta celebración de la estética comparada donde van surgiendo una serie de preguntas: ¿Qué porciones de una obra que conocemos y hemos vivenciado le debemos atribuir a su compositor, a sus intérpretes, a sus críticos y a sus cronistas? ¿No es acaso cada obra un producto multitudinario de versiones y puntos de vista? ¿Dónde termina la vida del autor y comienza la de su personaje, y donde termina el mensaje de un autor y comienza el de su intérprete? ¿Hasta qué punto la reinterpretación histórica de una obra se convierte en apropiación?

Este libro busca poner a prueba la premisa y la conclusión de que si es cierto que en nuestra era "después del fin del arte" la originalidad del estilo artístico se ha colapsado, lo único que nos queda es el contrapunto histórico, estético y circunstancial. Quizá por ello, en este intento —quizá siempre fallido— de que las obras hablen por sí solas, se produzca en el lector una extraña sensación de que en estas páginas críticas los autores, intérpretes, críticos y personajes se fusionan o van intercambiando en diferentes momentos sus papeles como si se tratase de un juego de sillas musicales sin sillas, y con un solo jugador que fuese todos a la vez.

Pablo Helguera

LAS BRUJAS DE TEPOZTLÁN

(Y OTRAS ÓPERAS INÉDITAS)

LAS BRUJAS DE TEPOZTLÁN
(Y OTRAS ÓPERAS INÉDITAS)

Un estudio crítico

por

Pablo Helguera

Jorge Pinto Books Inc.
New York

Imagen de la portada: © PabloHelguera, escenografía para el segundo acto de *Las Brujas de Tepoztlán, Jahannam, Il Processo Di Giordano Bruno y The Connecticut Story*

Grabados: figuras extraídas de *Ars Brevis* de Ramón Llull. Estrasburgo, 1617.

Edición: Andrea Montejo
Diseño de la portada: Susan Hildebrand

Composición tipográfica: Cox-King Multimedia, www.ckmm.com

ISBN:
978-0-9790766-7-1
0-9790766-7-6

Así mi voz al centro de las cuatro
voces fundamentales
tendría sobre sus hombros
el peso de las aves del paraíso.

Carlos Pellicer

El primero recuerda lo que el segundo
entiende y el tercero desea; el segundo
entiende lo que el primero recuerda y
el tercero desea; el tercero desea lo que
el primero recuerda y el segundo
entiende.

R. Lull, Libri Contemplationis in Deum, 1274

Para Elsa Lizalde,
para quien la ópera fue siempre el paraíso

(1942–2006)

INDICE

PRELUDIO

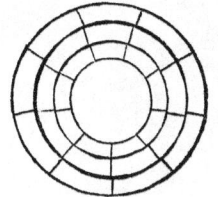

El presente análisis y estudio comparativo que tiene como objetivo rescatar y poner a conocimiento del público los aspectos principales de cuatro óperas que hasta la fecha han permanecido en la semi-oscuridad, al igual que sus autores: Anselmo Jiménez de la Rueda, Mona Kassem, Richard Pryce, y Enrico Camorelli.

La historia de la música y del arte en general se encuentran llena de capítulos incompletos que narran tan sólo los logros de unos cuantos individuos y que suelen pasar de largo aquellas contribuciones que quizá no fueron comprendidas en su momento y que posteriormente se deslizaron en el olvido. Este es el caso de las obras discutidas aquí así como de sus creadores, quienes generaron ideas musicales, dramáticas y estéticas altamente innovadoras en las respectivas épocas en que fueron hechas, pero que por diferentes razones pasaron inadvertidas hasta ahora.

Hemos decidido realizar aquí un estudio comparativo de estas obras porque, a pesar de los distintos periodos en los que fueron creadas, todas ellas revelan un espíritu similar y ejemplifican —cada una a su manera y de forma complementaria— aspectos cruciales de la relación entre el artista y su obra, la forma en que es interpretada, y el papel que juega la historia al reescribir estas interpretaciones.

Sin embargo, este estudio (que, en términos musicales, más bien deberíamos de definir como "divertimento") busca humildemente ir un poco más allá de la mera interpretación y el rescate histórico al analizar otro asunto ligado a la interpretación histórica y el comentario crítico: ¿Hasta qué punto la creatividad interpretativa del investigador o crítico interfiere con la obra misma, inclusive hasta el grado de reemplazarla? ¿Hasta qué punto estamos conociendo una obra a través de la voz de su "descubridor", o de aquél que funge de mediador entre la era del autor y la nuestra? ¿De qué manera cambia la obra cuando se presenta en contextos nuevos, y a quién le debemos dar el crédito al revalorar una obra en una nueva época? Y, finalmente, en el caso de una obra histórica como esta, cuando recibimos un mensaje, éste viene constituido de una serie de capas interpretativas que son difíciles de dilucidar: tenemos al autor hablando a través de sus personajes, pero también tenemos al cantante que le da voz al personaje, y finalmente al crítico y al historiador que racionaliza la interpretación. Así cada obra es una multiplicidad de obras, con voces que la describen en diversos momentos y diversas épocas. ¿Existe una obra esencial y única, o sólo una variedad de interpretaciones igualmente válidas? Y, en el caso de las instancias en que la interpretación crítica mejora la anécdota o el músico eleva la música original a un nivel más atractivo, ¿acaso importa preocuparse por preservar la autenticidad de una obra original? Ninguna de estas preguntas se responden de lleno en este proyecto —sólo podemos vislumbrar sombras de ideas, como decía Giordano Bruno.

El artista William Kentridge dijo una vez que cuando presenciamos un teatro de sombras, y nos reímos cuando vemos la forma en que las contorsiones de una mano producen la sombra de un perro, nuestra risa se debe a tres razones: una, porque vemos la caricatura de un perro; dos, porque sabemos que es una mano humana la que está formando la figura del perro, y tres, porque nos vemos a nosotros mismos cayendo en nuestra propia credulidad. Yo añadiría que es a través de ese ejercicio cuando intuitivamente reconocemos que lo que vemos nunca es completo, ni enteramente real, ni auténtico, ni tampoco enteramente explicable, mas sólo una imagen domesticada a través de juegos y representaciones simplificadas de nuestra realidad.

Las Brujas de Tepoztlán (y otras obras inéditas) es, por decirlo de alguna manera, un teatro de sombras en el cual le hemos dado rienda suelta a las interpretaciones y a los paralelismos que la distancia de la historia y los enigmas del olvido nos han permitido realizar. Esperamos que nuestra impertinencia creativa no sea sólo eso, que esas imágenes que tratamos de esbozar generen algo que vaya un poco más allá de las distracciones de un espectáculo efímero, y que algo de las ideas gestadas por estos artistas se proyecte más allá de las hojas de este libro.

Pablo Helguera

CORAL

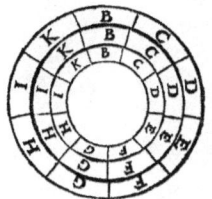

LAS BRUJAS DE TEPOZTLÁN

LAS BRUJAS DE TEPOZTLÁN

(1654)

Anselmo Jiménez de la Rueda

Una noche de verano de 1977, en la sacristía de la Iglesia de la Soledad en Sevilla, el cura Carlos Vega removió accidentalmente una tabla que servía de fondo a un armario. Debajo de la tabla halló tres voluminosos libros con una variedad de actas bautismales y otros documentos antiguos. Entre ellos se encontraba un manuscrito del siglo diecisiete, de puño y letra de un compositor mexicano que hasta ese momento había sido prácticamente olvidado.

Antes del reciente descubrimiento de *Las Brujas de Tepoztlán*, se consideraba que la historia de la ópera en la Nueva España no se inicia sino hasta la fecha de 1708 con la obra *El Rodrigo* de Manuel de Sumaya. Sin embargo, *Las Brujas de Tepoztlán*, escrita por Anselmo Jiménez de la Rueda precede *El Rodrigo* por más de medio siglo. Fue con este descubrimiento que surgió la oportunidad de rectificar la historia y reconocer la enorme contribución de este dramaturgo y compositor novohispano.

Sobre el Autor

Anselmo Jiménez de la Rueda nació en la ciudad de Morelia, Michoacán, en 1593, y murió en la ciudad de México en 1674. De sus padres se sabe poco, pero existe información que indica que su padre, Guillermo Jiménez de la Herrera, fue magistrado, y que su madre, ambiguamente descrita en su acta de matrimonio como "extranjera de la serranía de España", lo cual sugiere la posibilidad de que haya sido gitana. Se sabe que Jiménez estudió música en Morelia, bajo la tutoría del entonces director del coro de la catedral, Cristóbal de la Encina. El talento de Jiménez de la Rueda ha de haber sido reconocido muy tempranamente por Encina, a cuyas instancias se le ofreció muy joven el puesto de director del coro de la iglesia de Pátzcuaro. De esta época sobrevive un motete temprano de autoría de Jiménez, titulado *Salve Regina Aeterna* (que luego sería incorporado en *Las Brujas)*. A pesar del precoz talento del joven músico, su padre se opuso a su vocación musical, y un año después arregló que Jiménez se trasladara a la ciudad de México, donde vivían unos parientes, y donde inició sus estudios de abogacía en la Real y Pontificia Universidad de la Ciudad de México. De este período sabemos a través de las obras mismas de Jiménez, en particular la obra de teatro titulada *La Ermita de San Sebastián,* donde éste alude a sus años estudiantiles con poco placer. Parece ser que Jiménez descuidaba sus estudios legales, pero en cambio se volvió pronto un ávido lector de literatura oculta. En la Universidad parece haber descubierto los libros del jesuita Athanasius Kircher, un autor en boga en la época que influyó a todo aquel que fuera intelectual en la nueva España, comenzando por Sor Juana. El texto de *La Ermita* se encuentra poblado de referencias kircherianas supuestamente veladas, las cuales revelan más una fascinación adolescente por la prosa erudita que un verdadero entendimiento de su significado, y posiblemente un deseo por penetrar los círculos intelectuales locales al utilizar los códigos conceptuales que estaban en boga en aquel entonces. Debido al desdén con el que Jiménez se refiere a su profesión en esta obra, se puede deducir asimismo que Jiménez nunca prosperó como magistrado, ya fuera por falta de vocación o de interés, y que en su vida experimentó conflictos entre el arte y su subsistencia a través del oficio legal.

Sin embargo, fue en esta casa de estudios donde Jiménez conoció por primera vez a Juan Ruiz de Alarcón, quien sería posteriormente conocido como el más importante dramaturgo del México colonial. De mano misma de Ruiz de Alarcón se sabe de esta amistad que eventualmente se convertiría en rivalidad. Se considera que dos antagonistas que se encuentran en las obras de Alarcón *El Condenado por Desconfiado* y *El Semejante a sí mismo* están directamente inspirados en Jiménez. No es muy claro por qué Ruiz de Alarcón tendría aprehensión hacia Jiménez. Particularmente en México, Alarcón tenía un puesto incomparable en el medio artístico, y Jiménez era un personaje tan introvertido que nunca llegó siquiera a obtener una fracción del reconocimiento que recibía Alarcón.

Pero en el México de aquella época, el medio artístico era limitado, y aquellos que practicaban el arte peleaban fieramente su lugar, desplazando a cualquier contrincante. Jiménez, del cual sabemos que era un personaje en extremo tímido y débil, así como de cuestionable alcurnia, probablemente encontró difícil navegar por aquel ámbito social y probablemente no pudo imponerse ante la aplanadora personalidad de Ruiz Alarcón y su círculo.

Hacia 1615 Jiménez viajó a España para trabajar en el Consejo de Indias, pero su viaje fue poco fructífero y hacia 1617 ya estaba de regreso en México, sin dinero y aparentemente involucrado en un conflicto amoroso que resultó en una riña a capa y espada con un criollo. Jiménez casi muere en el pleito, y debido a la infección de una herida perdió una oreja. Como resultado de ese desafortunado incidente, la cruel sociedad de músicos novohispanos que criticaban la estética de Jiménez le dieron el apodo de "el tuerto acústico". Se dice que Jiménez había guardado su oreja, y que esta luego fue robada por sus rivales para de vez en cuando ser expuesta en fiestas y demás celebraciones con el fin de humillar al compositor.

Los pocos documentos de los que se tiene noticia sobre la vida de Jiménez incluyen un acta de venta de terrenos familiares cerca de Cacahuamilpa, Guerrero, una constancia de matrimonio, y algunas cartas del mismo Jiménez. Hacia 1640, se sabe que Jiménez había abierto un taller de lutería en Paracho —de ahí probablemente que haya nacido la tradición de fabricación de instrumentos en ese pueblo— donde se fabricaban violas de gamba. Los instrumentos han de haber sido suficientemente satisfactorios, pues en 1647 Jiménez logró convencer a la corte virreinal que le ayudaran a financiar un viaje a Venecia para conseguir ciertos barnices para sus instrumentos.

Fue en aquella ocasión en Venecia, donde Jiménez coincidió con la histórica representación de la *Incoronazione di Poppea* de Monteverdi, una de las primeras óperas en la historia. El impacto que le ocasionó la combinación de escenario, música y drama fue sumamente profundo, y se puede decir que la experiencia le cambió la vida, como expresó posteriormente en una carta a su hermana:

. . . ante esa majestuosa escena encontréme las más prodigiosas melodías, que intercalábanse unas a utras fazendo un entreverado telar de voces inimaginables, como si ante mis ojos se fuese construyendo una catedral de sonidos.

Ante su regreso a México, Jiménez de la Rueda pareció decidido a producir comedias que incorporaran los elementos musicales que había encontrado en Italia. Se involucró con una compañía de teatro que representó dos de sus comedias: *El Ogro de la Montaña* y *Las Artimañas son Encantos*, las cuales se han extraviado.

A través de la venta de los terrenos heredados a través de la muerte de su padre, Jiménez se dedicó de lleno a escribir lo que consideraba una obra que incorporaba los aspectos de la comedia y la música que originalmente lo habían inspirado en Italia. El resultado fue *Las Brujas de Tepoztlán*, cuya forma es esencialmente la de una comedia pero con interludios musicales, y un desenlace trágico que rompe con la forma.

El formato italianizante de esta nueva obra, así como su temática, era completamente inusitado en la Nueva España, lo cual le causaría serias dificultades a Jiménez. En una misiva, su contemporáneo Carlos de Sigüenza y Góngora escribe:

> . . . se rumora que hay un hombre, originario de Morelia, que se prepara para mostrar una composición teatral de aspectos nunca vistos, y que dicha obra con giros de Lope y arias de música, contiene grandes alusiones a la historia indígena de la Nueva España.

Jiménez tuvo dificultades para producir su nueva composición, y parece ser que había desistido por completo de montarla. Sin embargo, en 1660, seis años después de haber escrito su ópera, el Cabildo publicó un cartel literario con siete certámenes para ser celebrados el día de todos los santos (1o. de noviembre). Con los nuevos ímpetus del concurso, Jiménez enlistó la ayuda de estudiantes de música y teatro del colegio de San Pedro y San Pablo para realizar su producción.

Los preparativos de ésta tomaron meses, y se cree que Jiménez se endeudó considerablemente para realizar la puesta en escena, construyendo un escenario con excesos ornamentales y toda clase de símbolos que ciertamente impresionaron a todos los asistentes. Una noticia de la época describe el escenario de Las Brujas:

> . . . el escenario se adornó con toda clase de tapicería de oro y seda, con varias invenciones y galas, muchas flores, verduras y arboleda, sedas y colores con muchas trompetas y chirimías.

Sin embargo, la presentación de Las Brujas fue un fracaso rotundo. Los oficiales del concurso salieron profundamente ofendidos por la temática y las extrañas combinaciones musicales que Jiménez había inventado —que incluían haber fabricado dos o tres instrumentos de su autoría, incluyendo lo que llamaba una "viola polifónica". La misma noticia continúa su reporte de aquella velada:

> . . . pero no poca sorpresa invadió a los convidados al oír tanta palabra blasfema y temas de brujería, así como unos sonidos diabólicos que más parecían murciélagos en una cueva que armonías, lo que provocó que pronto al autor se le abucheara con voces y se le abatiera con zapatos y con berenjenas y toda clase de proyectiles que el publico tenía a la mano.

Si bien la humillación del rechazo público de la obra ha de haber sido devastadora para Jiménez, la situación se volvió mucho más grave. La obra fue denunciada ante la inquisición como un acto blasfemo, y Jiménez apenas logró escapar una condena después de hacer una renuncia escrita de su obra y acceder a su inmediata destrucción. En las óperas tempranas del barroco que inspiraron a Jiménez de la Rueda, la comedia se mezclaba con elementos trágicos que eran inusuales en la época y que evidentemente ofendieron profundamente a las sensibilidades educadas. Se dice asimismo que, en un acto que parece revelar envidia, Ruiz de Alarcón propagó la idea de que la temática de la ópera era inmoral y "que nada de eso se mira en Madrid". Como resultado de estos incidentes, Jiménez se convirtió en hazmerreír de sus congéneres.

Jiménez pasó sus últimos años hostigado por la inquisición, inclusive aún después de haber destruido el manuscrito y las copias de las partituras de *Las Brujas*. Jiménez no volvió a escribir música y, posiblemente devastado por el rechazo a lo que consideraba su obra maestra, se retiró de la vida pública. Murió poco tiempo después en la ciudad de México, en 1674, atropellado por un carruaje en la calle de Donceles.

No tendríamos noticia hoy de esta obra si no fuera porque por un giro del destino hizo que una copia del manuscrito que terminó en el escritorio del impresor Enrique Gutiérrez de Luna en Sevilla, nunca fuera destruido y eventualmente pasara a mezclarse con otros documentos en aquellos archivos encontrados en la iglesia de La Soledad. Jiménez evidentemente había enviado este manuscrito de la obra a España con la esperanza que fuera publicado (en la Nueva España se publicaban muy pocos libros, casi todos de índole religioso), pero ya fuera por descuido o por intención, el compositor calló acerca su existencia. Aunque el manuscrito fue hallado en 1977, su autenticidad no se llegó a corroborar sino hasta 2005, cuando el investigador Ignacio Florescano descubrió en la biblioteca Palafoxiana una carta de Gutiérrez de Luna a Jiménez de la Rueda, fechada en 1655, donde hace acuso de recibo del manuscrito de *Las Brujas*, pero confirmándole que no le sería posible darle publicación "pues no estoy seguro quién podría interesarse en una creación tan abigarrada".

Sinopsis de la Opera

Rinaldo, el personaje principal, es un pintor religioso que muere de amor por Dorotea, hija de Don Álvaro, el Comendador de la ciudad. Don Álvaro se opone al amorío, y en cambio favorece el matrimonio de su hija con Torrijos, un viejo rival artístico de Rinaldo. Dorotea, quien guarda afecto a ambos hombres, se encuentra sumida en la indecisión acerca de a quién corresponder, pero por presión de su padre acepta el matrimonio con Torrijos. Rinaldo, desesperado, acude a visitar una bruja en una cueva en Tepoztlán para encontrar un remedio para olvidar su pasado. La bruja le da un remedio que supuestamente cumplirá este propósito. Pero el efecto de la pócima resulta ser el contrario: en vez de olvidar su pasado, Rinaldo desarrolla una habilidad sobrenatural para ver el futuro.

En su taller, Rinaldo comienza a pintar sus visiones, cada día más claras del futuro, como si estas fuesen dictadas por una voz divina. Rinaldo ve la ciudad de México en el siglo diecinueve y el veinte. (Es interesante como Jiménez de la Rueda se imagina a México como una ciudad poblada por enormes pirámides superpuestas, en una especie de renacimiento Azteca. Este pasaje en particular, así como la referencia a la brujería y a su carácter hermético fue en particular condenado por las autoridades de la inquisición.)

Eventualmente, Rinaldo asimismo logra vislumbrar su propio futuro, descubriendo que Dorotea se casará con su enemigo, Torrijos. Rinaldo también visualiza su propio funeral. En vez de aceptar la inevitabilidad del futuro, Rinaldo decide luchar para cambiar el curso de los eventos.

Junto con su criado, Rinaldo genera un plan secreto para asesinar a Torrijos y así poder casarse con Dorotea. Una noche, Rinaldo entra clandestinamente al taller de Torrijos y espera, entre cortinas, a su llegada. Sin embargo, Don Álvaro, quien viene de visita a ver a Torrijos para concederle la mano de su hija, entra en el recinto. Confundiéndolo con Torrijos, Rinaldo apuñala al padre de su amada. Don Álvaro cae herido de muerte en lo que llegan Dorotea y Torrijos a la escena. Torrijos, en acto de venganza por Don Álvaro, hiere de muerte a Rinaldo, dándose cuenta en ese instante que él es quien ama realmente. Pero es muy tarde, pues Rinaldo agoniza. En ese momento, Rinaldo alcanza a tener una última visión en la que sus pinturas han trascendido en la historia y son alabadas por las generaciones del futuro. Al visualizar su inmortalidad artística, y saberse poseedor del amor de Dorotea por la eternidad, Rinaldo muere satisfecho.

Análisis crítico de la ópera

Las Brujas de Tepoztlán es una obra creada en el auge del siglo diecisiete novohispano, y como tal, incorpora varios aspectos del naciente gongorismo que en ese momento vivía la literatura española. La influencia de Calderón de la Barca es clara en la narrativa (la noción de un hombre cuyas visiones lo separan de la realidad, al estilo de *La vida es sueño*) así como el aspecto moralizante de las obras de Alarcón (ejemplificado por el eventual triunfo del protagonista, si no en el amor, en la posteridad artística). La obra tiene una narrativa dramática consistentemente dinámica, que sin embargo se rompe a la mitad cuando Jiménez dedica un acto entero a las visiones de Rinaldo. Este acto en cierta manera se convierte como en un largo interludio, resulta ser bastante tangencial para la narrativa central de la obra, y a ratos puede ser un poco tedioso.

Sin embargo, hay aspectos extraordinarios en esta obra, aparte de su inusitado formato, que no se encuentra en ningún ejemplo dramático o musical de la Nueva España —e inclusive, de España misma. Esta es la primera obra en el nuevo mundo que se puede considerar ópera como tal, incursionando en los aspectos de la ópera barroca temprana que Jiménez presenció en Venecia. Por otra pare, su temática vernacular contemporánea, en particular la presentación del personaje de la bruja, no tiene precedentes (se ha especulado que el personaje de la bruja de Jiménez fue adoptado por el dramaturgo español Aníbal Urrieta, quien escribió un drama titulado *La Bruja de la Morería*, el cual a su vez sería el modelo del libretista Arrigo Boito para el personaje de la adivinadora Ulrica de *Un Ballo in Maschera* de Verdi). En la época colonial se sabe que existían brujas o hechiceras, pero pocos hacen mención de ellas. Curiosamente, hay una noticia de 1649 acerca de un grupo de brujas de habla inglesa que habían aparecido en Tepoztlán, ostensiblemente porque habían escapado la persecución en la villa de Salem en la Nueva Inglaterra, y que se habían refugiado en una cueva vecina al cerro del Tepozteco. Es posible que esta noticia, que fue popular en la época en que Jiménez escribió *Las Brujas*, hubiera influido en la selección de la temática, aunque desde tiempos prehispánicos Tepoztlán era considerado un lugar de magia y de eventos sobrenaturales. (Incluso hoy en día, la ciudad de Tepoztlán retiene la fama de ser un espacio idóneo para la medicina alternativa y las prácticas *new age*.)

En esta ópera, se puede apreciar como Jiménez de la Rueda vuelve a insertar toda una variedad de símbolos herméticos que revelan una cierta rebeldía ante la tradición bíblica cristiana. El conocimiento íntimo de estos símbolos por parte de Jiménez, que eran de difícil acceso en aquella época en la Nueva España, ha generado la especulación que la madre de Jiménez haya sido, en efecto, una practicante de la brujería. Por otra parte, es bien sabido que los intelectuales de la época y los círculos cortesanos eran afectos a invocar los complicados emblemas y símbolos cabalísticos y herméticos (que provienen de las enseñanzas de Hermes Trismegisto) a través del filtro neoplatónico del barroco europeo. Pero Jiménez hábilmente se vale de esta moda para insertar símbolos que, más que herméticos, pertenecían a las prácticas ocultistas asociadas con la magia que alarmarían a los censores de la iglesia.

Pero incluso los críticos más suspicaces de la obra de Jiménez no se percataron de la manera en que la composición polifónica de la obra se relacionaba directamente con las ideas de la creación harmónica desarrolladas por Robert Fludd en *Utriusque Cosmi* (1619) y por Kircher mismo en *Misurgia Universalis* (1650). Tanto Kircher como Fludd y muchos otros hermetistas, aplicaban las ideas pitagóricas de la armonía del universo de una forma literalmente relacionada a la polifonía, como si el universo fuera un enorme órgano. Y Jiménez, hermetista y compositor a la vez, se vio quizás como el candidato ideal para literalizar las armonías místicas en armonías polifónicas. Esta es la primera vez, si no la única, en la historia de la música de la Nueva España en la que un compositor intenta aplicar conceptualmente los principios musicales descritos así por Fludd: "Hacia el abismo de la materia increada, se yergue la Divina Trinidad, y, a través del nombre divino, genera tres intervalos consonantes en la octava, la quinta y la cuarta, los cuales, de acuerdo a los tratados pitagóricos, produce el espectro entero de los fenómenos en lo elemental, lo celestial y lo angélico."[1] La entera composición musical

---

1   Robert Fludd, Utriusque Cosmi, Vol. II, Oppenheim, 1619

de *Las Brujas* está construida en intervalos polifónicos de octavas, quintas y cuartas, que rompía abiertamente con las más tradicionales —y sencillas— formas polifónicas de los villancicos, jácaras y negrillas que se cantaban en aquel entonces. En términos de experimentación sonora, Jiménez era una suerte de Varèse novohispano.

Lo cual nos lleva al meollo del asunto: ¿Es acaso la historia de *Las Brujas* solo un pretexto narrativo para resguardar lo que es en realidad una obra de claves herméticas? No me es posible responder con certeza a esa pregunta pues no soy especialista en la abstrusa simbología hermética. Pero no sería extraño que un creador como Jiménez hubiera recurrido a velar significados en una obra con conceptos ocultistas y mágicos con el fin de evadir la condena de la iglesia.

Se podría decir que si su intención fue generar un mensaje cifrado, su intento fue fallido pues su obra fue condenada de todas formas. Pero si bien la inquisición intuyó la herejía implícita de la obra, ciertamente no logró percibir la enorme complejidad y sofisticación con que ésta había sido hecha.

De cualquier manera, *Las Brujas de Tepoztlán* se sostiene no por su inusual temática, sino por la solidez de su narrativa y la verosimilitud de sus personajes, así como por su capacidad de expresar claramente las emociones humanas y describir temas perennes como lo es la rivalidad artística:

Torrijos
En esta superficie de engaños coloridos
poco habéis logrado,
fuera de retratar un cataclismo.

Rinaldo
Los logros están ahí, Torrijos,
pero hace falta un ojo entrenado,
y los vuestros no ven sino a sí mismos.

Torrijos
Vos dudáis de mi mirada,
cuando nadie es a quien vos mira,
vuestra persona y pintura
condenadas están al olvido y a la nada.

Rinaldo
De temeros, Torrijos, estoy lejos,
Aunque os creáis del buen gusto la autoridad,
Sordo sois en ciudad de ciegos,
La arrogancia no pinta retablos, sino espejos,
Y, digamos, vos no sois ni Adonis ni un Efebo.

Varios críticos han notado que la rivalidad entre los personajes de Torrijos y Rinaldo, posiblemente ejemplifica la compleja relación que Jiménez tuvo en vida con Ruiz de Alarcón.

Sin duda alguna, el pasaje más complejo y de mayor interés en la obra entera de *Las Brujas* es el momento en el que Rinaldo tiene la visión del futuro, donde visualiza una gran urbe:

Rinaldo
Mis ojos a mi mente le dan un nuevo mirar,
Como si una y ellos fueran de otro,
Ante esta visión no encuentro razón
De cómo puede ser posible tal portento.

Cientos de edificios como montañas
Piramidales, infinitos, de la tierra,
Miles de hombres la habitan en andar violento,
Artificios de cristal y de hierro
Rodean cada esquina, y como el viento
Grandes máquinas movibles en carrera,

Enormes cuadros en los cielos
Con imágenes de mujeres impúdicas;
No veo paz alguna, en las plazas públicas
Sino recelo, tristeza, futuro cruento.

¿Es esta la ciudad de mi mañana?
¿Como llegaremos a ese infierno trágico,
Qué pecados, Dios mío, cometeremos
para caer tan al fondo de ese negro precipicio?

¡Dadme, Dios, hospicio,
No permitáis que en mi vida viva ese presente,
la muerte es preferible a las cercas de hierro
y los oscuros gases de ese terrenal infierno!

Mientras que algunos aluden simplemente a la experiencia autobiográfica de Jiménez de haber visitado las ciudades italianas, los referentes y proyecciones locales son altamente originales y no tienen punto de referencia con ninguna clase de literatura de la época.

Las Brujas es una ópera que podría ser descartada simplemente como una obra excéntrica de un hombre idealista y rechazado por su sociedad. Y sin embargo, lo poco que conocemos de esta obra apunta a ciertas claves que revelan un trasfondo complejo, donde yace quizá aún invisible el mensaje que Jiménez nos quiso transmitir y que posiblemente pensó había resultado en una empresa fallida.

En la última carta de la que se tiene noticia de Jiménez, escrita poco antes de su muerte, se revela una gran decepción por el rechazo de su obra, así como una última reflexión acerca del personaje de Rinaldo:

... profundamente abatido por estos recientes eventos, he decidido no escribir más ni sentir más música; mis antiguos ideales de juventud quizá me condujeron a pensarme como mi personaje, que eventualmente encontraría redención; mas no tengo yo ya estas pretensiones, ni poseo la visión del futuro, por lo que me contento sólo por dar mi alma a Dios y hallar la paz en el cielo, después de tanto desprecio y tanto tormento.

THE CONNECTICUT STORY

THE CONNECTICUT STORY

(1952)

Richard Pryce

Richard Pryce (1915–1978) fue un compositor originario de Alabama. Huérfano y de ascendencia afro-americana, tuvo una infancia llena de privaciones que solo se exacerbó durante su adolescencia, la cual se desarrolló durante la era de la depresión. De acuerdo a una nota biográfica suya, escrita para una publicación musical, Pryce fue enviado por una tía a Hoboken, Nueva Jersey, donde trabajó en varios empleos y eventualmente realizó diversos trabajos en el *meat packing district* de Nueva York así como para una adinerada familia de Staten Island. Se piensa que fue estas experiencias de juventud nutren en gran medida la identidad de los personajes de *The Connecticut Story*.

Pryce descubrió la música en los bares clandestinos de Harlem, que eran frecuentados por las figuras históricas del jazz como Duke Ellington y Billie Holliday. Hacia 1932 comenzó a realizar composiciones de piano. Un mentor, Robert S. Woodsworth, quien reconoció talento en Pryce, negoció una beca para éste en el Curtis Institute of Music en Filadelfia —una rareza en aquella época, siendo que hasta ese momento no había pasado por esas aulas ni un solo estudiante de color que se dedicara a la composición. En Filadelfia, Pryce aprendió dirección y composición, y formó parte de una generación de compositores norteamericanos que incluye a Ned Rorem, Samuel Barber (con quien tuvo una particular amistad) y Leonard Bernstein. La influencia de estos, así como de Aaron Copland, en su obra es evidente en su dramatismo, la orquestación y su deseo por generar una obra fielmente "americana". A diferencia de estos compositores, sin embargo, la vida profesional de Pryce fue mucho más compleja y enfrentó toda clase de obstáculos. El hecho de ser negro en el generalmente conservador mundo de la música clásica le privó de varias oportunidades que contrastaban con las de sus congéneres. En el mundo de la música norteamericana, los afroamericanos estaban relegados al blues y al jazz, y rara vez se les consideraba dentro del ámbito de la música clásica fuera del papel de cantante, y mucho menos en la composición o dirección de orquesta. Como resultado, en varias ocasiones Pryce se vio obligado a trabajar en empleos que nada tenían que ver con la música, y eventualmente trabajando en la sección de edición del impresor de partituras Karl Fischer & Co. Fue por medio de ese empleo que conoció al multifacético y carismático cantante negro Paul Robeson, quien se interesó en sus composiciones y en una ocasión cantó una composición temprana de Pryce, *Four Midnight Songs*. El interés generado por estas obras generó algunas comisiones de interés, entre ellas una versión musical de *The Glass Menagerie* de Tennesee Williams. A través de este proyecto, Pryce desarrolló gran interés en las formas dramáticas de Williams, que tendrían influencia en su obra.

The Connecticut Story fue originalmente comisionada por el American Opera Theater de Nueva York. Para ella, Pryce trabajó con el poeta y libretista Ernest Reade Thomas, con quien tuvo una relación afectiva la cual surgió precisamente en las fechas de la composición de la obra, y que se complicó puesto que Thomas, quien era bisexual y estaba casado, nunca abandonó su matrimonio a pesar de los publicitados rumores de la relación entre ambos. Aún así, Reade Thomas mantuvo su relación secreta con Pryce hasta el final de su vida.

Sinopsis de la ópera

La escena toma lugar durante la segunda guerra mundial. Rick Robertson es un botones afroamericano que trabaja en un hotel de super-lujo en Old Greenwich, Connecticut. Emily Jones, la dueña del Grand Hotel Connecticut, es la última descendiente de una familia de alta alcurnia de la Nueva Inglaterra. En esta primera sección de la ópera se hace evidente la estratificación aristocrática y racial de la época. Pero los eventos toman un giro inesperado, tanto dentro de la ópera como dentro de las clásicas narrativas bélicas de la literatura norteamericana. En el segundo acto presenciamos un futuro distópico en el cual Estados Unidos ha perdido la batalla de Normandía y, como resultado de un contraataque germano-japonés, la guerra. Varios años después, los norteamericanos son ciudadanos de segunda clase en un país cuya unión se ha desintegrado y cuyos intereses económicos y políticos se encuentran administrados entre Japón, Rusia y Alemania. En este futuro distópico, Estados Unidos no es una potencia mundial, sino un país destrozado por la guerra, nunca recuperado de la era de la depresión, venido a menos y padeciendo en gran medida de los problemas de un país del tercer mundo.

En este contexto, el Grand Hotel Connecticut constituye el último recinto suburbano de la América aristocrática, donde Emily Jones trata de ocultar hasta el final la triste realidad en la que los norteamericanos viven. Su hotel viene a ser una suerte de mundo imaginario e ideal donde se reflejan todas las nostalgias de lo que fue o podría haber sido Estados Unidos. Los residentes del hotel son personas con pasados similares al de Jones, quienes buscan retener sus antiguas visiones de abolengo, poder e influencia dentro de los confines suntuosos del hotel. Su mayordomo es Rick, un hombre negro que en secreto desea a Emily, pero que no puede concebir el siquiera insinuárselo por razones obvias. Emily vive un mundo de negación, facilitado por Rick, a quien ella abusa condescendientemente. Rick le permite operar así por sentir cierta compasión por su situación y, por su apego sentimental inexpresado.

Emily mantiene el hotel y su estilo de vida a través de grandes deudas que al final llegan a ser impagables. Desesperada por hacer lo que sea para no perder su estilo de vida, Emily acepta el plan ilegal de un inversionista y pretendiente suyo, Mark Toyer. Toyer sugiere atraer préstamos e inversiones para el hotel utilizando reportes financieros manipulados. Las estratagemas son eventualmente descubiertas por Rick cuando oye una conversación entre ambos por accidente. Emily descubre una foto suya en el cuarto de Rick, y horrorizada, deduce los sentimientos de Rick hacia ella. En una confrontación entre ambos, sus secretos mutuos se descubren y Rick no ve otra opción sino renunciar y partir del hotel.

Tres años después, los acreedores y víctimas financieras de Jones la someten a juicio y, a pesar de sus varias apelaciones, eventualmente logran expropiar el inmueble, ordenando la demolición del hotel para construir un edificio de oficinas. Toyer escapa del país, mientras que Emily es sentenciada a diez años en prisión.

Eventualmente, el desalojo del inmueble tiene que proceder, pero Emily rehúsa dejar sus aposentos, que se encuentran en el centro del edificio. Rick, quien ahora vive en Nueva York y tiene un buen trabajo como gerente en un hotel de Harlem, se entera de la situación de Emily y decide ir a visitarla.

Las relaciones de poder parecen revertirse al final, en el que vemos a una mujer débil y asustada de caer en los brazos de un hombre que lucha entre su resentimiento por el pasado y la fortaleza que le otorga el haberse sabido siempre un ser marginado por la sociedad.

En lo que el edificio comienza el proceso de demolición, Rick busca sacar a Emily del inmueble, pero ella opta por permanecer adentro —lo cual constituye un suicidio— antes de confrontar la realidad que representa la desaparición definitiva del Grand Hotel Connecticut.

Contexto histórico

Por razones que se pueden considerar obvias, la obra de Pryce fue escrita en un momento anticlimático y psicológicamente frágil en Estados Unidos, cuando el país emergía de la victoria de la post-guerra y entraba por otra parte en la guerra fría.

Como consecuencia, esta obra crítica no resultó apetecible en absoluto, y eventualmente, Pryce se encontró encarando problemas con varios proponentes del macartismo que lo acusaron de comunista.

En 1985 el historiador Archibald Hayes, interesado en la vida y obra de Pryce, logró recuperar varios de sus manuscritos, realizando una biografía sobre el compositor titulada *Richard Pryce: Out of Darkness*.

Análisis crítico de la ópera

The Connecticut Story es una obra que, aunque incorpora estrategias y formatos dramáticos similares al teatro y la música de su época, contiene un subtexto que la destaca de toda la producción operática de la música norteamericana de la post-guerra. Se podría estar seguro, como establece Hayes en su biografía y estudio de Pryce, que sus experiencias raciales y políticas acabaron marcando toda su producción artística. Es de particular importancia el considerar ciertos detalles de la vida de Pryce, como su furtiva relación homosexual y birracial con Reade Thomas (quien era blanco). La relación entre el personaje de Rick y Emily contiene similares tensiones de atracción e imposibilidad por razones de clase y de raza. La relación entre ambos es a ratos inverosímil (como afirmaban los detractores de la ópera) pero a la vez ilustrativa de la experiencia misma que Pryce tuvo con su propia relación sentimental.

The Connecticut Story es una ópera sobre las relaciones de poder, tanto a nivel económico y político como emocional. Mientras que el Grand Hotel Connecticut viene a ejemplificar el entonces naciente estado de autoengaño optimista que ahora caracteriza a la sociedad norteamericana moderna (y que Pryce brillantemente captó en su propia época), la relación entre Rick y Emily viene a ejemplificar la división de clases que hoy en día sigue existiendo en Estados Unidos. En el giro de eventos de la ópera, de índole casi bíblica, Pryce parece glorificar la fortaleza de aquellos que viven en el estrato bajo de la sociedad norteamericana —un ímpetu que posiblemente proviene de su infancia en el religioso sur. No es posible evadir una comparación con *Gone With the Wind* en el escenario apocalíptico y racial que realiza Pryce. Pero a diferencia de esa película y de otras óperas realizadas en este periodo, los conflictos sociales o raciales planteados en *The Connecticut Story* no sólo se presentan de forma más cruda, sino que simplemente no tienen resolución, razón por la cual el mensaje de la ópera ha de haber sido mucho más difícil de asimilar para el público. La ópera de Pryce precede por más de cinco años a *West Side Story* de Bernstein, introduciendo elementos dramáticos y de problemática social que hasta entonces no se habían utilizado en el teatro musical norteamericano.

El Destino de *The Connecticut Story*

Debido a la controversia en torno a la temática, esta ópera nunca llegó a producirse. Como resultado de un acuerdo, el New York Opera Theater produjo una obra anterior de Pryce, titulada *Fanny's Birthday*, una ópera de un acto que carecía de la dimensión política de *The Connecticut Story*. Aunque Pryce declaró públicamente que este incidente no le había causado impacto alguno y que continuaría componiendo, es claro que el rechazo crítico de *The Connecticut Story* marcó una seria mella en su autoestima. Pasaron un par de años, y Pryce presentó una ópera titulada *Farmer's Market* en el D'Amato Opera del Lower East Side de Manhattan, en lo que sería su última colaboración con Reade Thomas. La recepción crítica de la ópera fue irregular.

En marzo de 1956, Reade Thomas falleció. Este fue un evento que a todas luces tuvo un impacto traumático en la vida de Pryce. Pryce cortó tajantemente con todos sus vínculos profesionales y de amistad y se mudó a Chicago, donde vivió una vida recluida, trabajando tan sólo como profesor de música en el Sherwood Conservatory of Music. Es posible que a raíz del fallecimiento de quien fue su principal apoyo creativo y sentimental Pryce hubiera optado por dejar de componer. No se sabe con exactitud, debido a que Pryce dejó de escribir cartas. Reade Thomas había sido en realidad su único y verdadero interlocutor, y al terminar esa correspondencia, termina asimismo cualquier comentario personal que podamos rescatar del compositor.

Hacia principios de los setenta, Pryce había sido prácticamente olvidado como compositor. Paro después de más de una década de silencio creativo escribió, en 1974, *Three Spirituals*, una obra maestra que parece manifestar su regreso personal a la vida sencilla y espiritual del sur de donde provino. Por esas fechas también el Museo DuSable de arte africano le comisionó una composición, que sería su última, titulada *Isis Rises*, con temas vinculados a Egipto y a la nación del Islam. Pero Pryce nunca llegó a completar la obra, después de varios intentos y de posponer la comisión. Pryce vivió sus últimos años endeudado y sumergido en el alcoholismo. El 4 de agosto de 1978, Pryce fue encontrado muerto en un baño público del Union Station de Chicago. En su gabardina llevaba un boleto de tren, destinado a Greenwich, Connecticut.

JAHANNAM

JAHANNAM

(1989)

Mona Kassem

El 5 de abril del 2004, estando a la mitad de la preparación de un documental, la video artista Mona Kassem salió a caminar por las calles de Jerusalén con su cámara. Nunca volvió a ser vista, ni se encontró rastro suyo.

La extraña desaparición de Kassem fue la culminación de una vida de giros tan insólitos como enigmáticos. Kassem nació en una mezquita en Damasco en 1955, hija de una familia con muy escasos recursos. Una hermana menor de ella murió en un accidente. Muy joven emigró con su familia a Dearborn, Michigan (un suburbio de población árabe cerca de Detroit). La misma Kassem recuerda en una entrevista que de niña la llevaron a ver *Turandot*, y que aquella experiencia le hizo pensar que sería compositora de ópera. Después de realizar estudios de música y periodismo en la Universidad de Illinois en Champaign-Urbana, regresó por primera vez a Damasco, en 1977. De esta experiencia, que evidentemente tuvo un gran impacto en su vida creativa, surge su primer video, titulado *Sometimes the Head of a Serpent*. Es a través de este viaje cuando Kassem descubre su interés en la música electrónica y decide que no le interesaba el periodismo documental.

En 1978 Kassem se trasladó a Nueva York, donde casi de inmediato se involucró con la escena artística del East Village. De esa época existen muchas anécdotas de su intensa personalidad, cargada de energía y dramatismo. "Kassem era una mujer imponente —recuerda Chantal Akerman— alta y voluminosa, con pelo largo y oscuro y ojos penetrantes, aquella persona que al entrar en un recinto de inmediato cambiaba el ambiente del lugar". Sus talentos eran particularmente especiales: de los artistas trabajando en aquella época en el Village, Kassem se distinguió por su talento innato para la composición musical y su sentido muy innovador del uso del video.

Su experiencia previa como documentalista le sirvió para realizar videos, uno de los cuales (*Weeper*) fue mostrado en Art in General en 1982. Fue asistente de Nam June Paik de 1981 a 1984, de donde surgió su interacción con compositores y artistas como Milton Babbitt, Lauri Anderson, Steven Reich y Beryl Korot. En 1981 comenzó asimismo su relación sentimental con la artista palestina Shazia Challyn.

Las obras que Kassem realizó durante los ochenta reflejan influencias del minimalismo, la música electrónica y de elementos derivados de la danza contemporánea y el performance art. En 1989, Challyn, quien se encontraba en Jerusalén, fue víctima de una balacera que ocurrió en un territorio fronterizo de la ciudad. Después de una agonía de varias semanas, Challyn falleció. Este incidente fue el origen de *Jahannam*. En una entrevista realizada en 1994, Kassem hace un repaso de ese momento de su vida:

. . . hasta ese momento, creo que había mantenido una cierta separación que yo consideraba normal, quizá, entre lo que es la vida privada, la espiritualidad, las tendencias políticas y el ámbito público. Todo eso se vino abajo con ese incidente. Me hizo darme cuenta que desde ese momento en adelante no podría yo concebir el mundo sin que cada una de mis acciones, fueran o no gestos artísticos, fueran perfectamente consecuentes con mis ideas, con mis temores, con mis indignaciones.

Kassem se volvió conocida sobretodo por sus posturas en extremo controvertidas en contra de Israel y a favor del gobierno Palestino, que se fueron volviendo más agresivas en los años subsiguientes, aunque también comenzó a ejercer una crítica del fanatismo religioso. Sus obras a veces no carecían de humor: en 1987, parcialmente para criticar el excesivo romanticismo de la espiritualidad oriental, hizo un proyecto que consistió en ofrecer una serie de talleres *new age*, enseñando prácticas de meditación, ejercicios espirituales y movimientos tántricos supuestamente provenientes del antiguo oriente pero que eran completamente fabricados. Los talleres fueron enormemente populares y asistidos por toda clase de señoras adineradas y público, dentro o fuera del mundo del arte. Cuando se descubrió que estas prácticas habían sido todas invención de Kassem, se generó una fuerte polémica que sólo ayudó a incrementar la reputación de Kassem como artista. Pero las acciones polémicas de Kassem llegaron a un punto de quiebre en 1994, cuando como parte de una exposición en el Whitney Museum Kassem intentó abrir una escuela de tortura para soldados israelíes. La obra resultó en una demanda de parte de un grupo sionista. Los oficiales del Whitney, ante la creciente controversia, optaron por cerrar la exposición, y la clase de maniobras legales a las que recurrieron para disociarse del incidente dejaron a Kassem en una postura particularmente vulnerable. A raíz de ese incidente, Kassem eventualmente abandonaría Estados Unidos para situarse en Europa. La obra del Whitney incitó una serie de críticas como la de Joan Smithson, quien escribió en el *New York Times*:

> *Kassem intenta provocar, e irritar al público con una obra que cae en lo mismo que critica, como en un balbuceo contradictorio, sin mayores consideraciones estéticas pero con la aparente presunción que sus gestos entren en la categoría de la grandilocuencia artística.*

En una apasionada carta que mandó a la revista *Artforum* en 1996 pero que nunca fue publicada, Kassem revelaba su aparente decepción con el mundo del arte, anunciando su decisión de abandonar la práctica artística por ver al mundo del arte irremediablemente vinculado con intereses económicos y políticos que hacían inoperable cualquier clase de verdadera crítica o cambio. El tono acusatorio de su carta era en sí un rompimiento definitivo con el "art world" al que ella había pertenecido desde su llegada a Nueva York a principios de los ochenta:

> *. . . hace más de una década descubrí que al hacer arte podía articular sentimientos e ideas inexpresables en otros medios, que podía formar parte de un mundo dentro del cual sentí que mi voz pertenecía, y que a través de un diálogo colectivo, tendría el poder de influir el discurso predominante en las esferas de poder. Pero a medida en que encontré esta misión cada vez más urgente, más logré percatarme que la clase de análisis, debate y activismo que persiste en los círculos artísticos no va más allá del mero simulacro. Los lazos económicos y la proximidad con ese poder nos han domesticado,*

sentándonos ante la mesa del rico como el pequeño bufón disidente de la corte, o como un perro faldero. No renuncio a hacer arte, pero no puedo, por respeto a mis principios, seguir considerando al mundo del arte como un verdadero interlocutor.

Kassem se mudó a Amsterdam, y tal como había declarado, abandonó su relación con los círculos de arte. Irónicamente, los trabajos que comenzó a hacer en ese periodo, que eran sobretodo documentales de índole político, resultan ser aquellos con una mayor sofisticación en el contenido y la forma, con un subtexto poético que, independientemente que ella los hubiera considerado arte, reflejaban la mente y la sensibilidad de una gran artista. Algunos comparan el "rompimiento" de Kassem con el arte con el gesto similar de Lygia Clark, quien al final de su vida declaró que no haría más obra que sus actividades terapéuticas —que irónicamente siguieron siendo vistas como arte. ¿Buscaba Kassem jugar con esta ambigüedad? El hecho es que ni ella ni el mundo del arte volvieron a encontrarse, y ante la veloz amnesia del mundo del arte de los 90, no se volvió a pensar en ella sino hasta su desaparición.

Sobre la obra

*Jahannam (*pronunciado *jahánnam)* es una obra con una tenue narrativa que gira en torno a imágenes y frases del Corán y de la Biblia para describir el infierno. La palabra "gehenna", que se traduce literalmente como "el fuego", representa en la tradición musulmana el rechazo a la soberanía de Dios. De acuerdo a algunos teólogos musulmanes, el infierno no es un estado permanente, sino intermedio similar al purgatorio o al limbo. La raíz de la palabra proviene del hebreo *Gehinnom*, que es un valle al sur de Jerusalén que ha sido usado como basurero por los israelitas. En tiempos pre-israelitas, los cananitas adoraban al dios Moloch y realizaban sacrificios infantiles en ese valle, quemándolos como ofrenda a su deidad (algo significativo para esta obra, porque el personaje principal es una niña). Consecuentemente, el valle ha tenido una larga asociación con los incendios y con todo lo negativo. Según el Corán, sólo Dios sabe quién irá al Jahannam y quien irá al Jannah, como es el caso del judaísmo o el calvinismo. Todos aquellos que no crean en Alá permanecerán en Jahannam hasta la llegada del *Qiyamah* (juicio final).

Jahannam es una obra que utiliza los términos cristianos e islámicos para narrar, de manera simbólica, el conflicto histórico entre ambas culturas y las consecuencias mismas de sus conflictos, que producen lo que en ambas religiones se considera un estado de negación de la espiritualidad.

Síntesis de la obra

Jahannam está escrito más en el formato de un oratorio que en el formato convencional de la ópera dramática o el teatro musical, como es el caso de varias óperas de Philip Glass o Steve Reich. La narrativa, que es relativamente abstracta y sigue el formato del "stream of consciousness", gira en torno a las experiencias de Sefa, una niña palestina que vive en el barrio de Gehinnom en Israel, un territorio fronterizo con asentamientos palestinos que los israelíes han permitido. Un año antes, su padre, un mártir del barrio, murió víctima de tortura por un soldado israelí. Sefa se escribe con su prima, cuya familia ha emigrado y prosperado en California. Es a través de esta correspondencia como nos vamos enterando de la acción.

A raíz de un atentado en Tel Aviv que los israelíes atribuyen a un grupo de hombres que viven en Gehinnom, varios bulldozers y tanques rodean el barrio, exigiendo la entrega inmediato de estos hombres y amenazando con demoler el barrio de no cumplirse esta exigencia. El cerco se mantiene por varios días y resulta en varios heridos. Sefa encuentra a un israelí herido debajo de un puente de Jahannam y sabe que será exterminado por los palestinos si ella menciona su existencia. Sefa le lleva provisiones y agua y hacen conversación, y, aparentemente, una amistad. Pero Sefa descubre eventualmente que el soldado herido es el mismo que ha asesinado a su padre, y se enfrenta ante el dilema entre callar su encuentro o revelar su escondite. Sefa decide por lo segundo, y el soldado es ejecutado por los palestinos. Ultimadamente, la ópera culmina con la destrucción total del barrio por los bulldozers israelíes y la muerte de Sefa y su familia.

Siendo una especie de *Diario de Anna Frank* de los palestinos, Jahannam es una especie de diario infantil en el que se describe las tensiones del conflicto palestino-israelí.

Análisis de la obra

Kassem escribió *Jahannam* a finales de la década de los ochenta, y en los meses en que cayó el muro de Berlín. La obra tiene un aspecto predeciblemente político y, quizá, de vez en cuando cayendo en ciertos lugares comunes de las obras realizadas en este periodo. Sin embargo, los giros musicales y formales de *Jahannam* la convierten en una obra notable del minimalismo musical.

En 1996, Kassem escribió un texto muy personal respecto a esta obra, donde afirma que considera a *Jahannam* como su obra más ambiciosa:

Independientemente de si sea una obra malograda o no, Jahannam reune sin lugar a dudas todas mis ideas y conflictos, mis momentos personales, mis preguntas,

concentrados todos unos frente a otros, no siempre de
una forma coherente. Solo sé que si hay algo en mi vida
que yo hubiese querido decir, está ciertamente a.C., en
esa obra, y el público lo puede tomar o dejar.

Jahannam tiene cuatro secuencias melódicas que se intercalan unas con otras, cada una de ellas acompañada con una narrativa que proviene de un momento temporal específico. Tres de esas voces pertenecen a tres tiempos: pasado, presente, futuro. La cuarta voz es una voz atemporal, que podemos deducir que es la voz divina, y de donde provienen la mayoría de las citas del Corán y del antiguo testamento.

Quizá lo que distingue a *Jahannam* de otras obras con similar temática es que ultimadamente Kassem, que se consideraba una militante pro-palestina, manifiesta sus profundos conflictos en relación a su propia tradición y creencias islámicas. La división entre árabes e israelíes es una batalla que se gesta no entre personas distintas, sino entre cada uno de los mismos personajes que habitan la obra. De manera que la ópera no adquiere un carácter condenatorio o moralizante, sino simplemente un tono de aceptación estoica de las contradicciones espirituales e históricas de una sociedad. Este aspecto de la obra no fue realmente apreciado por aquellos que la vieron en su momento, quizá porque en el clima político del conflicto árabe-israelí la ambivalencia no parece tener cabida. Pero de todas las obras de Kassem, *Jahannam* es la que menos expresa un sentimiento político directo.

No está de menos recordar que Kassem en aquel momento vivía en Estados Unidos, y probablemente se encontraba transitando un particular conflicto acerca de su formación, su procedencia, y de su posicionamiento entre dos realidades. Había sido formada intelectualmente en el manso Midwest, y estaba tan cansada de los estereotipos culturales como del romanticismo que sentía la comunidad árabe inmigrante por su país. Esta clase de dinámica se puede advertir claramente en la obra, tanto por la benévola melodía romántica e ingenua que acompaña la voz de la prima, como por la inquietante melodía que aparece cuando Sefa narra los atroces eventos que se desenvuelven ante sus ojos. En la obra, Kassem está dialogando con toda una variedad de contrarios, no solo árabes y palestinos, sino también de contrarios filosóficos —fe y pragmatismo, pasado y presente, enemigo y enemigo— que en el fondo no son sino las voces contrarias dentro de ella misma. Su conclusión en la obra, aparentemente, es que el problema de estas confrontaciones es que no existe resolución posible, y que no existe sino la posibilidad de aceptar una forma de vida dentro de la cual este conflicto permanente pueda ser sostenible. Hacia el final de *Jahannam*, el personaje de Sefa dice:

Papá decía que no importa todo lo que nos pasa en la vida, al final estaremos todos en el paraíso con Alá. Pero no me gusta cuando dice eso. ¿Qué sucedería si de repente no hubiera paraíso? A veces pienso que es mejor pensar que no existe un lugar mejor, que este es el mejor lugar de todos, con todas las cosas tristes que hay, y que es mejor pensar que esto es lo mejor, que esto es el paraíso. Y cuando pienso en esto me siento mejor y me puedo ir a dormir.

IL PROCESSO
DI GIORDANO BRUNO

IL PROCESSO
DI GIORDANO BRUNO

(1898)

Enrico Camorelli

Enrico Camorelli nació en Nápoles en 1868 y murió en Milán en 1904, a los treinta y cinco años. Su breve carrera se dio en un momento dorado de la historia de la ópera italiana, cuando predominaba el verismo y la obra de Giacomo Puccini. Hijo de una acomodada familia liberal, y famoso por su atractivo físico y carisma, Camorelli fue muy influenciado por el romanticismo y veía a la música como un acto revolucionario. De niño, asistió a un seminario cuyas experiencias le generaron un fuerte desprecio por la religión, mucho del cual se expresa en sus obras. Desde esa época, sin embargo, nació su interés por la composición musical, cuando aprendió muy precozmente a tocar órgano. Se cuenta que a los doce años había memorizado *El clave bien temperado* de Bach y que lo ejecutó impecablemente ante la sorpresa de sus profesores.

Sus colegas lo describían como un hombre de extraordinaria inteligencia, obsesionado con el raciocino, la pre-lógica de Leibniz, y las matemáticas, capaz de leer y sintetizar complejos tratados filosóficos en cuestión de horas. Vivía fascinado por la relación entre la geometría y el arte, buscando estas relaciones en la naturaleza y en la ciencia. Escribió un *Tractatus Mathematicus* a los 19 años, donde trataba de argumentar acerca de estas relaciones. Como buen filósofo y pensador abstracto Camorelli se distinguía por ser desordenado, distraído y disperso. Lleno de proyectos idealistas e interminables, Camorelli nunca completó sus estudios en la Universidad de Bologna, donde primero estudió filosofía para terminar estudiando música. Entre los eventos más importantes de su formación musical figuran particularmente sus estudios con el compositor francés César Franck, hacia 1886 en Paris, con quien compartía la afinidad por el órgano y la reverencia hacia la obra de Bach. Franck había terminado de componer una de sus obras maestras, *Preludio, Coral, Fuga y Variación* (1884), que sin lugar a dudas tuvo una gran influencia en Camorelli.

A pesar de su enorme talento, Camorelli nunca mostró una sola composición en público. Sabemos que pasaba horas eternas en su estudio escribiendo música, pero su enfermiza obsesión por la perfección lo impulsaba a destruir sus manuscritos casi inmediatamente después de haberlos escrito, con una ira y violencia tan extremas que eran temidas por sus vecinos. En una de estas ocasiones de furia, se dice que Camorelli lanzó su clavicémbalo por el balcón, asesinando a un caballo que pasaba por la calle. "Camorelli padecía de una autoexigencia cruel —narra el historiador Anselm Gross— una autoexigencia tan grande que hacía que el completar una sola obra fuera una empresa imposible, causándole gran sufrimiento, al punto de las lágrimas, como si fuese un desengaño amoroso." Camorelli se volvió famoso en sus círculos de amigos por su capacidad legendaria de improvisación musical, y porque constantemente hablaba de las varias ideas musicales en las que interminablemente estaba trabajando y su relación con toda una variedad de ideas filosóficas y matemáticas. Nunca se pensó que algún día llegara a producir una obra terminada, y es comprensible que algunos inclusive lo hubieran considerado como un charlatán.

Hacia 1899, Camorelli aparentemente había dejado de componer música (o de intentarlo, al menos), y se había dedicado a viajar por el medio oriente para hacer "indagaciones espirituales". En un viaje a Argelia en 1903 contrajo una enfermedad (se cree que fue malaria) que lo postró en su lecho por varios meses hasta finalmente conducirlo a una temprana muerte.

Fue entonces cuando entre sus papeles privados se encontró una carpeta de piel roja, con un símbolo que representaba al *Tetragrámaton* (el nombre hebreo de Dios). Se descubrió en ese momento que Camorelli se había convertido al judaísmo hacía varios años. También, dentro de la carpeta, se encontraba el manuscrito de una ópera terminada: *Il Processo Di Giordano Bruno*.

Il Processo Di Giordano Bruno fue escrita entre los años 1894 y 1898, reuniendo lo que había sido hasta ese momento la triple pasión de Camorelli: la filosofía, la lógica matemática y la música.

Por razones que no son claras, no sólo Camorelli nunca publicó *Il Processo Di Giordano Bruno*, sino que tampoco le informó a persona alguna acerca de la existencia de esta obra. Mientras que la presunción más lógica sería que Camorelli no estaba contento con el resultado (como había sido siempre su caso) el hecho que la hubiera preservado indicaba hasta cierto punto cierto apego a su creación. Según un cercano amigo suyo, Irmo Vacchianti, la intención de Camorelli seguramente fue dejar esta obra a su suerte para que fuera descubierta por futuras generaciones, puesto que esto era consistente con su percepción de su época y de su propia identificación con la personalidad de Bruno, otro gran incomprendido de su tiempo. En una carta a su amigo, Camorelli escribe:

> *. . . incluso si desapareciera ahora, querido Irmo, creo que habré dejado suficientes semillas que rendirán cuenta de todo aquello por lo que luché y que redima en arte lo que quizá no logré redimir a través de las acciones de una vida.*

Fuera cual fuera el motivo, el hecho es que aún después del hallazgo de la obra se le prestó poca atención por más de una década, hasta que Vacchianti convenció al impresor Giulio Ricordi de publicarla en 1917. Se sabe que la ópera se presentó una vez en Génova en 1925, pero poco después pasó al olvido y no fue sino hasta 1960 cuando Franco Corelli grabó un aria de la ópera que la obra se recuperó para la crítica. Michael Donnington, autor del libro *Opera and its Symbols* (1990) realizó un brillante análisis de la obra de Camorelli argumentando que la ópera contiene un complejo entreverado de símbolos muy en concierto con las obras mismas de Bruno, de quien se cree que escribió textos herméticos que estaban disfrazados de tratados mnemónicos.

Sinopsis de la ópera

La ópera, como su título indica, se basa en el famoso juicio del vaticano al filósofo y ocultista Giordano Bruno, en el año de 1593. El juicio, que comenzó en Venecia y terminó siete años más tarde en Roma, condenaba las ideas espirituales de Bruno así como su creencia en los principios del universo de Copérnico (que la tierra no era el centro del universo) y en la noción que el universo no estaba limitado exclusivamente por una esfera celestial. Bruno argumentaba que el universo estaba constituido por cuatro elementos únicos (tierra, agua, aire, y fuego), y basado en estas nociones había elaborado una compleja cosmogonía hermética.

La ópera comienza en Oxford, Inglaterra, donde aconteció el primer gran debate cosmológico entre Bruno y sus críticos (George Abbott, el Arzobispo de Canterbury, y John Underhill, el Obispo de Oxford), donde se establecen las radicales ideas de Bruno, pero durante el cual el mismo filósofo se cuestiona acerca del origen del universo y de sus mecanismos.

En el segundo acto, Bruno es visitado una noche por un personaje anónimo, que parece ser un espíritu. No sabemos si se trata de un espíritu maligno o divino. Pero de cualquier manera, el personaje le dicta a Bruno, noche tras noche, la compleja clave del conocimiento divino y cósmico, utilizando el antiquísimo arte de la memoria. Febrilmente, Bruno pasa meses encerrado en sus aposentos escribiendo el dictado nocturno de su visitante. La última noche, el visitante secreto le da a Bruno la última clave del sistema, pero bajo la advertencia que si lo revela al resto de su especie implicará serias consecuencias. Bruno termina así su largo tratado, que se titula *De Umbris Idearum* (de las sombras de las ideas).[2]

En el tercer acto, el nomádico Bruno se encuentra en París, otra vez entreverado en un sinfín de debates con los intelectuales de su tiempo. Ha sido a raíz de esos debates por lo que, sin que importen las ramificaciones, Bruno decide que es fundamental hacer conocido el libro de *De Umbris Idearum*, el cual acaba de ser publicado.

Su aparente amigo, el patricio Giovanni Mocenigo, lo invita a Venecia a que lo instruya en el arte de la memoria.

---

2   En la obra original de *De Umbris Idearum* se establece que el interlocutor fantasma de Bruno es el mismo Hermes.

Pero Mocenigo, quien secretamente había guardado celos profesionales hacia Bruno por mucho tiempo, le ha preparado una redada en Italia. Bruno llega a Venecia para encontrar que ha sido denunciado por Mocenigo ante la inquisición por sus ideas heréticas.

En su largo juicio Bruno busca encontrar la manera de justificar sus ideas bajo los dogmas de la iglesia, pero rehúsa negar su percepción de la multiplicidad de los mundos y de la infinidad del universo. Una vez en su celda, Bruno recibe una última visita de su interlocutor fantasma, quien le increpa el haber revelado estos secretos divinos, y le anuncia que su condena es segura. Bruno imagina cual es su futuro, pero parece resuelto a confrontarlo de cualquier manera, sin quebrantar sus principios.

En el aria más famosa de esta ópera, *Le Sfere Luminose*, Bruno tiene una última visión espiritual de la eternidad poco antes de ser conducido a la hoguera.

En este punto, la ópera parece haber terminado. Pero *Il Processo* no es una ópera del todo convencional. En vez de concluir de la forma predecible, Camorelli en cambio inserta un cuarto acto que ha generado mucha incomodidad, confusión y comentario entre musicólogos e historiadores. Mientras que en el primer acto Camorelli recurre a los estilos y formatos dramáticos que son de esperarse en una ópera de esta época, en el cuarto acto todas estas convenciones se abandonan por completo, y de repente nos encontramos en un tiempo y momentos abstractos (aunque definitivamente es un futuro remoto), donde dos personajes contemporáneos —y aparentemente, no actores, sino académicos— comienzan a debatir las ideas de Giordano Bruno, luego las representaciones de los cantantes, y finalmente, las ideas mismas de Camorelli!

Para aquellos familiarizados con el verismo italiano, el referente más próximo de esta escena es la aparición de

Taddeo al principio de *Pagliacci* (*Si puo? Si puo?*) en el que en un acto inusitado, se dirige directamente al público para recordarles que los actores son seres humanos con emociones reales. En el caso de *Il Processo*, sin embargo, Camorelli va mucho más allá de la breve disgresión, no sólo rompiendo con el sagrado umbral de la ficción dramática, sino abiertamente desglosando ante el público lo que se podría describir como la caja de Pandora de la interpretación. La ópera, que trata acerca de la manera en que un ser humano (Bruno) funciona como intérprete de la visión divina del universo, deriva en una reflexión acerca de la manera en que el personaje de Bruno mismo es interpretado por Camorelli, y aún más, la manera en que la ópera es interpretada por los cantantes —los intérpretes— y finalmente la forma en que todos estos niveles interpretativos serán analizados en el futuro: es decir, por nosotros mismos.

La discusión que ocurre en el escenario, en perspectiva, parece consistir en lo que en aquellas épocas eran los debates que se tenían entre los defensores de la fe y los intelectuales de finales de siglo diecinueve, los unos cuestionando la lucidez de Bruno y su diálogo con el infierno, mientras que los otros lo justifican como mártir de la ciencia —quizá una idea con la que Camorelli mismo ingenuamente se identificó, como sería de esperarse de un creador que aún se encontraba en la veintena.

Análisis de la ópera

En esta ópera prima, Erico Camorelli revela un dominio sorpresivo de la orquestación cuyo tratamiento lo coloca en afinidad con Wagner y con la obra de Meyerbeer. Pero a diferencia de la ópera verista de su momento, hay instancias rítmicas en *Il Processo* que sorpresivamente abandonan el lirismo y pasan a una clase de atonalidad y complejidad orquestales inusitadas para aquella época y que sólo se hacen vigentes en1913 con *La Consagración de la Primavera* de Stravinsky. Asombra pensar que esta obra haya sido escrita en una edad tan temprana, así como el hecho que esta fue la única creación musical de este autor. Sin embargo, la mayoría de los estudios críticos coinciden en que la ópera adolece de ciertos excesos que sobretodo se originan del extenso y cargado libreto, y que revelan de nuevo a un gran talento que sin embargo no estaba familiarizado con la conjunción de la melodía con la idea.

Dicho esto, es injusto realizar una evaluación de esta ópera bajo los simples parámetros estéticos convencionales de lo que debería ser una obra de este período, simplemente por el hecho que *Il Processo* es mucho más que una ópera. Michael Donnington supone que Camorelli veía a su ópera como "una gran parábola o alegoría, cerebral y contra-dictoria, de la noción de interpretación, ya fuera artística, divina, o ambas cosas". Camorelli definitivamente estaba fascinado, aunque hasta cierto punto de forma escéptica, por la idea del artista como demiurgo, duende del bos-que, o ser divino que revela verdades insólitas al mundo mortal. En este contexto, la narrativa, las biografías, y la música de la ópera no vienen a ser sino simples vehículos para expresar una serie de ideas comparativas sobre un mundo de temas que en aquél momento le concernían al autor, como se expresa en el segundo y tercer actos, y que se vienen a cerrar en el último acto como un universo hermético perfectamente redondo. Camorelli inventa un personaje llamado Giordano Bruno basado en un ser real, y a través de su ficción Camorelli es capaz de expresar sus visiones acerca de su época. Pero encima de ello, Camorelli genera personajes que cuestionan sus propias ideas, y finalmente genera una última capa de incertidumbre al introducir un personaje llamado Enrico Camorelli que cuestiona asimismo la veracidad y el sentido de todo lo que se ha expresado en la ópera escrita por Enrico Camorelli. En ese momento estereotípicamente borgiano nos encontramos extraviados en la obra de Camorelli, que paradójicamente es la perfecta expresión de la premisa central de obra maestra de Giordano Bruno: el mundo no es sino un sistema de referencias secretas, donde sólo vemos las sombras de las ideas. Es nuestra habilidad de interpretarlas y relacionarlas adecuadamente lo que nos puede conducir a la verdad —y esa verdad quizá radica solamente dentro de la multiplicidad que existe dentro de nosotros mismos, el terreno a la vez más familiar y el más ajeno al que podamos penetrar. Esa era, posiblemente, la esencia misma del conocimiento divino que tanto eludió a ambos.

FUGA (Y VARIACION)

A diferencia de otras formas artísticas, la ópera contiene una multiplicidad de elementos que vuelve su estudio particularmente complejo. Estos elementos se pueden dividir en dos categorías: uno son los aspectos estrictamente formales del género, tales como composición musical, libreto, puesta en escena, etc., mientras que el segundo aspecto es de índole interpretativo. A diferencia de, por ejemplo, las artes visuales, el intérprete hace que la obra cobre vida, y no siempre es claro dónde termina la visión del compositor y dónde comienza la del intérprete. De manera similar, el elemento interpretativo se amplía con la crítica, la musicología, y la investigación histórica. Todos estos elementos nos son necesarios en este momento para descubrir la relación entre estas obras.

¿Cómo comenzar una comparación entre obras tan disímiles, y sobretodo, de autores tan distintos como un mestizo mexicano de la colonia, una videoasta lesbiana árabe que trabajó en la escena del *East Village* de los ochenta, un dandy italiano del *fin de siècle*, y un compositor negro, *gay*, norteamericano de la era de la guerra fría? Mi propuesta en este caso no será de tratar de dilucidar relaciones mágicas o secretas entre estas obras o estos compositores, sino de simplemente evidenciar las conexiones entre estas obras a través del modelo de la fuga a cuatro voces.

La forma contrapuntual de la fuga, que alcanza su gran culminación en occidente con la obra de J.S. Bach, consiste en la introducción de por lo menos tres voces, y hasta ocho o nueve, cada una de las cuales desarrollando un tema que es replicado por la siguiente voz. A continuación describo lo que sería el formato de una fuga a cuatro voces:

La primera voz entra estableciendo lo que se conoce como una *exposición* formal del *sujeto* (melodía principal), seguida por una porción más libre generalmente denominada *desarrollo* y terminando finalmente con una *recapitulación* que retoma el *sujeto* en la misma clave con que comenzó, terminando de forma más enfática. La segunda voz, conocida como *respuesta*, entra una vez que la primera voz ha expuesto su sujeto, y comienza a desarrollarse por su parte siguiendo el mismo formato que la primera voz. La tercera voz hace entonces su entrada, por lo general presentando lo que se conoce como *contrasujeto*. El *contrasujeto* es una idea melódica que aparece consistentemente con el *sujeto* durante la exposición, así como más adelante en la fuga. La tercera voz o *contrasujeto* debe de tener interés melódico, individualidad, y suficiente contraste rítmico para hacerle buena compañía al *sujeto*. Como bien lo dice el experto George Oldroyd, "ambas deben de haber sido hechas una para la otra"[3]. Asimismo, el *contrasujeto* y el *sujeto* deben de ser invertibles, es decir, cada uno debe de funcionar como una voz alta o baja. La cuarta voz, prediciblemente, funciona como el complemento de la segunda de la misma forma en que la tercera complementa a la primera.

En la mayoría de las obras contrapuntuales a cuatro voces, no todas se incluyen de forma continua, puesto que para el oído es difícil seguir cuatro líneas melódicas de igual importancia y complejidad por un periodo extendido de tiempo. De manera que de vez en cuando una o dos desaparecen para darle variedad a la textura de la obra.

En el caso de este estudio, realizaremos cuatro ejercicios comparativos, puesto que la clase de fugas que se

---

3   George Oldroyd, *The Technique and Spirit of Fugue* (London: Oxford University Press, 1948) p. 38.

pueden realizar en esta instancia pueden ser de cuatro modalidades:

I.   Musicalmente: utilizando elementos de las diversas composiciones para crear una fuga.

II. Visualmente: generando una vista simultánea de una escena de cada una de las óperas (cuatro imágenes con cuatro escenarios simultáneos cada una, siendo que las cuatro óperas tienen cuatro secciones o actos).

III. Interpretativamente: intercalando comentarios críticos de cada una de las obras, ya sea de historiadores, investigadores, o de los autores mismos.

IV. Textualmente: intercalando diferentes frases y textos provenientes de cada uno de los libretos (respetando el idioma original).

Utilizando los órdenes regulares de las voces en una fuga, tal y como los utilizó Bach en *El clave bien temperado*, el orden que vamos a utilizar para la cuarta sección tiene el siguiente formato:

1234
4321
2143
2341
3214
3412 (bis)

I.

Las Brujas de Tepoztlán- Introducción al primer acto *(Salve Regina)*

Il Processo di Giordano Bruno- aria del cuarto acto *(Le Sfere Luminose)*

The Connecticut Story- aria de Emily, tercer acto

Jahannam- Final

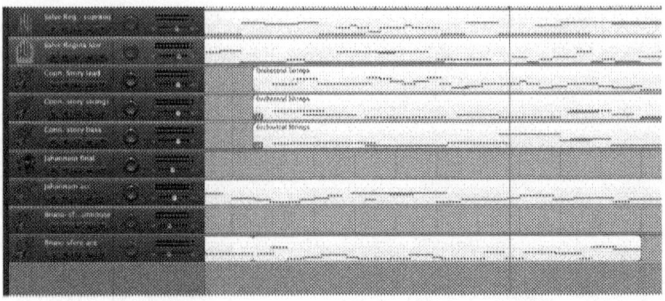

Grabación de de los cuatro temas anteriores

II.

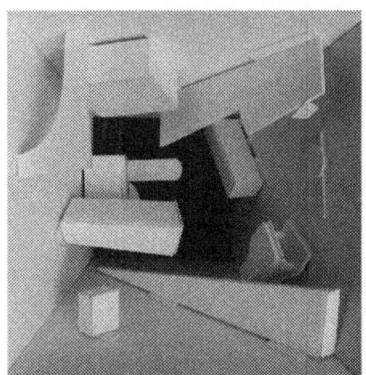

Un escenario con cuatro vistas, cada uno correspondiente al primer acto de cada ópera, a saber (comenzando de la parte superior izquierda): *Jahannam (vista del basurero de Jahannam), The Connecticut Story (la sala de piano de Emily), Las Brujas de Tepoztlán (una calle del centro de la ciudad), Il Processo di Giordano Bruno (una plaza de Oxford en la Inglaterra del Renacimiento).*

III.

[dado que: 1= *The Connecticut Story*; 2=*Las Brujas de Tepoztlán*; 3= *Jahannam*; 4=*Il Processo di Giordano Bruno*; y a=Richard Pryce, b=Anselmo Jiménez de la Rueda, c=Mona Kassem; d=Enrico Camorelli]

1^2^3^4. Esta obra trata acerca de la confrontación de identidades culturales en un período histórico de crisis y revelaciones políticas. Los dilemas humanos presentados en la obra son metáforas de problemáticas identitarias, algunas de índole meta-histórico.

1^2^3^4. En la obra, los personajes experimentan una revelación o epifanía inesperada (ya sea de índole personal o espiritual) que resulta ser indicadora de verdades que revierten de nuevo hacia la acción. Esta revelación transforma y completa a los personajes, pero su conocimiento también genera nuevos conflictos, como si fuera un deseo cumplido que acarrea consecuencias fatídicas.

1^4. El personaje principal es sometido a un juicio durante el cual sus deseos principales y sus principios son cuestionados. El juicio resulta en una condena, pero aún a pesar de ello el personaje se rehúsa a abandonar su decisión de retener la realidad tal y como la ve.

2^3. El personaje principal parece encontrarse en la postura de condenar a los otros, sirviendo como juez de una realidad ingobernable. De una forma u otra, el veredicto del personaje terminará perjudicándolo a sí mismo.

1^2. Los personajes principales ven algo que es invisible a los demás, ya sea una visión del futuro o un espejismo.

1^3. Los personajes confrontan un mundo de destrucción que preferirían que no existiese, pero que eventualmente se impone ante sus realidades.

1^3. Los protagonistas se afianzan a su lugar de origen, como si perderlo significara perder su identidad más profunda, al punto que no pueden concebir abandonarlo. Esta determinación resultará trayendo serias consecuencias.

1^3. Se da una reversión de papeles entre los personajes, en la cual aquel que tiene el poder se convierte en el vencido mientras que el dominado súbitamente se encuentra en una situación de poder y por ende, de la posibilidad de ejercer alguna clase de venganza.

1^4. Los protagonistas son sometidos a un juicio por una sociedad que ha servido hasta ese momento como su interlocutor, y cuya severidad caerá sobre sus destinos con dureza.

2^3. En esta obra, se manifiesta una confusión de identidades que resulta ser fatal para alguno de los personajes en la acción.

2^4. El protagonista es un ser idealista que tiene una visión del más allá —una visión única que le da claridad, pero que también lo separa de la realidad.

2^4. El protagonista termina obteniendo lo que busca, pero el cumplimiento de este deseo acarrea ramificaciones fatales.

4^3. Se percibe en la obra una crítica a la intolerancia y al dogmatismo religioso, y la clase de acciones absurdas o trágicas a las que nos conducen estas creencias.

4^3. Los personajes conciben un orden divino en el universo, pero esa certeza no causa sino frustración al vivir en un mundo desordenado y desigual que no se conforma de ninguna manera a esos ideales, y de ahí se origina el conflicto central.

1^2^3. Los personajes conforman parte de un clima de tensión de clase o de raza, los cuales, aunque no se articulan expresamente, constituyen el subtexto de la acción e informan la clase de decisiones que realizan.

a^b^c^d. En esta obra se reflejan las experiencias vitales del autor en lo concerniente a su condición social. El autor se siente diferente de los otros, o ha sido rechazado por los otros, y esta singularidad que lo convierte entre espectador y juez de los otros se refleja en varios de los personajes de su obra.

a^b^c^d. El autor fue incomprendido al igual que su obra, la cual estaba destinada a sobrevivir precariamente por las vicisitudes del destino hasta llegar a nuestra época y ser revalorada como el testimonio visionario del momento en el que fue escrita.

b^d. La magia y lo oculto juegan un papel importante en la vida del compositor, y estos elementos se manifiestan de forma simbólica en la obra.

c^d. Un deseo de transformación de la sociedad mueve al autor, que constantemente se involucra en grandes empresas incluyendo viajes al extranjero —actividad que desemboca al final en su propia muerte.

a^b. El autor es un ser tímido cuya personalidad sin duda contribuyó a que se le mantuviera en el olvido y no se le diera el reconocimiento debido en vida.

a^c. La muerte del amante del autor constituye un evento determinante en el resto de su vida, y se encuentra intrínsecamente ligado a su creatividad.

IV.

EMILY
What a beautiful Spring morning! The birds are flowing
back from winter. I wish I could do the same, go elsewhere
and come back.

RINALDO
Hermosa Dorotea, hija de la aurora, divino resplandor,
Oídme con vuestro amor y, ahora
Observa este pobre corazón que se vuelca de dolor.

SEFA
It's early here today and we haven't seen any soldiers yet.
My mother makes a run for water now —she says this is
the safest time of the day.

MOCENIGO
Le stelle si nascondono stanotte, il cielo è nero,
Ma sento il loro fulgore nell' anima.
Quando mi direte il vostro segretto?

BRUNO
L'universo è eterno ed infinito come Dio,
Nessun'altro che le stelle
Scrive il futuro di ogni cosa
Siamo lettere dal testo divino.

WALID
The day that He assembles you all for a day of assembly
—that will be a day of mutual loss and gain among you,
and those who believe in Allah and work righteousness.
He will remove from them their ills, and He will admit
them to gardens beneath which rivers flow, to dwell therein
for ever: that will be the Supreme Achievement.

RINALDO
Bruja, hechicera, maga suprema de la cueva;
Hazme olvidar los delirios de mi corazón,
Que mi mente no puede ya vivir entera,
Por esta pasión que me ha de matar por ansia,
Devolvedme mi felicidad, mi vida austera,
Y que lo que yo pierda sea mi ganancia.

EMILY
I don't want to talk about it, Rick. I want to think
That all is exactly the same as it ever was.
What is the point of living in the present, when
You can be happy living in the past?

RINALDO
Pero cómo, ¿qué ciencia es esta?
Mis ojos ven más allá del tiempo,
¿Cien, doscientos años?
Veo al valle de México
En colores grisáceos,
Cientos de edificios como montañas
Piramidales, infinitos, de la tierra,
Miles de hombres la habitan en andar violento,
Artificios de cristal y de hierro
Rodean cada esquina, y como el viento

Grandes máquinas movibles en carrera . . .
¿Es esta la ciudad de mi mañana?
¿Como llegaremos a ese infierno trágico,
¿Qué pecados, Dios mío, cometeremos
para caer tan al fondo de ese negro precipicio?

RICK

I often ask myself: why is it that one should suffer in
    love,
How is it that we so easily fall in the dark fire of desire,
That hopeless pit where there is no way out,
Why are we born to want that which is impossible to
    attain,
Why do I suffer, Oh Lord, if I have done nothing
    wrong,
What penance am I paying, to want something that I
    will never get?

BRUNO

In ogni oggetto c'è un'idea
in ogni idea c'è un'ombra
quell'ombra è lo specchio
dell'infinito e delle profondità
dentre delle quali troviamo verità,
la verità più grande
che si possa scoprire: Il segretto dell'universo.

WALID

Sefa, I am fighting for our freedom, and these people
want to take it away from you. I am here to protect you.
They want a future without us, but we have a right to a
future too.

They see the Day indeed as a far-off event, but we see

it quite near. The Day that the sky will be like molten brass, and the mountains will be like wool, and no friend will ask after a friend, though they will be put in sight of each other, the sinner's desire will be that he could redeem himself from the penalty of that day by sacrificing his children, his wife and his brother, his kindred who sheltered him, and all, all that is on earth,— so it could deliver him: by no means! For it would be the Fire of Hell! Plucking out (his being) right to the skull! Inviting all such as turn their backs and turn away their faces.

RINALDO
¡Dios mío, soy yo! ¡Yo en el sepulcro!
Y mi amada Dorotea con Torrijos.
No, no será eso lo que mi futuro acarrea,
¡Morir sin hijos, sin amor, sin luto,
Enfrentar la nada!
No permitiré yo a los cielos tal tarea,
Y Torrijos no me sobrevivirá ileso,
Pues probará antes mi espada.

SEFA
And then I saw the wounded man, hiding under the bridge. He couldn't move. The men from my neighborhood came in the morning looking for him, but I knew if I told them where he was, they would kill him.

IL GIUDICE
Rifiuti la tua affermazione che l'universo è infinito, che consiste in un'immensa regione eterea; che il sole, la luna e innumerabili altri corpi celesti si trovano in questa regione; che non si deve credere che ci sia firmamento?

BRUNO
Magari mi giudicate, pensando d'essere dotati d'un potere divino; ma quel potere divino risiede in ogni oggetto ed ogni essere umano. Come potrei ritrattare quello che so d'essere la verità, quello che è la legge basilare del universo? Giudici, siate cauti nel vostro verdetto, perchè verrate giudicati allo stesso modo anche voi!

EMILY
Rick, don't leave, please. I need you. I need your strength with me.

RICK
Miss Emily . . . there is nothing I can do for you.

EMILY
You resent me, don't you? You do, don't you?

RICK
I never existed for you. I was invisible. You only see me now because you are weak, because you are confused. But it doesn't matter, because I can't do anything about it. I wish I could. I really do.

EMILY
I just want you to be with me. Please don't treat me the way I have treated you . . .

RICK
The time has come, Miss Emily, it is time for you to leave. We have to leave.

SEFA
Walid says that tomorrow we have to leave Jahannam,
that it is not safe for us to be here. But we cannot leave.
My mother says that what good is it for them to leave
their only home, what is the point.

WALID
But those who reject Faith and treat our signs as falsehoods,
they will be companions of the fire, to dwell therein for
aye: and evil is that goal. No kind of calamity can occur,
except by the leave of Allah: and if anyone believes in
Allah, Allah guides his heart: for Allah knows all things.
So obey Allah, and obey His Apostle: but if ye turn back,
the duty of Our Apostle is but to proclaim the Message
clearly and openly.

RINALDO
Sólo resta esperar. Esta noche, Torrijos, será tu última,
Y después de penetrar mi espada tu traicionero cuerpo,
Ínfima memoria serás, y al callar tus ojos fijos
Los míos poseerán a Dorotea, sólo para a ella amar.

COMENDADOR
Entro sigiloso, pues sorprender quiero a Torrijos
Con las nuevas de mi decisión. Nuevo hijo tendré
Al casar mi hija con él y adquirir noble posición.

RINALDO
¡Alerta! Pasos oigo. De atacar es hora.
(Rinaldo hiere al Comendador)
¡Muere, desgraciado!

COMENDADOR
¡Por Cristo! Rinaldo, me has herido.

RINALDO
¡Comendador! ¿Como ha sido?
¡Oh, que me lleve el infierno!
(Entran Torrijos y Dorotea)

TORRIJOS
¿Qué bulla oigo en mi casa?
¿Pero qué veo? Rinaldo ha herido a tu padre!
A ti te daré caza, desgraciado, por mi madre!
(Torrijos hiere a Rinaldo)

DOROTEA
¡Deteneos Torrijos! Virgen Santa, ¡qué herida!
¿Qué ha pasado ante mis ojos?
El amor mío cae sangrando y con él mi vida.

EMILY
This place is my life, and I am part of it,
We shall never be apart. If it falls, may I fall with it.
If I were to leave with the wound, it will never heal.
I cannot conceive any other life, or any other place.

RICK
This is crazy, you cannot let yourself perish.

EMILY
It is too late to be reborn. I have played my cards, and
I have lost.

LO SPIRITO
Sei trasgressore delle regole. Hai cercato di svelare verità
nascoste. Per quello, dovrai soffrire le conseguenze. Sei
dotato di una percezione speciale, la chiave alla comprensione del nostro mondo. Ti ho dato uno scorcio di

Paradiso, ma hai sperperato questa conoscenza. Dici di sapere la verità, ma gli altri non ti ascolteranno, nemmeno capiranno— sarà come se tu stessi parlando un'altra lingua. La conoscenza conduce alla solitudine.

BRUNO
Mi avete insegnato che tutti noi, come l'universo, siamo una molteplicità di creature, una molteplicità di voci, governate dai quattro venti cardinali. Ognuna delle nostre voci fornisce una chiave alla comprensione. Datemi quella comprensione, fatemi vedere e capire cose oltre a me stesso e al mio corpo umile, oltre ai miei dubbi e le mie paure; fatemi fissare lo sguardo oltre alle rive dell'umanità che contengo dentro di me; fatemi vedere la luce dalle profondità del buio, la luce divina che emerge dalle ombre, la luce divina che emerge dalle ombre.

WALID
Your riches and your children may be but a trial: but in the presence of Allah, is the highest reward.

So fear Allah as much as ye can; listen and obey and spend in charity for the benefit of your own soul and those saved from the covetousness of their own souls —they are the ones that achieve prosperity.

If ye loan to Allah a beautiful loan, He will double it to your credit, and He will grant you forgiveness: for Allah is most forbearing . . .

BRUNO
Ho lottato, ed è stato duro. Pensavo di poter vincere . . . ma la natura e la fortuna hanno posto fine alla mia impresa. È già qualcosa, il mero fatto che ho cominciato la lotta, perchè

vedo che la vittoria depende del tutto dal destino. Dentro di me c'era quello che è possibile e quello che nessuno mi può negare: tutto quello che un vincitore può dare di sè; che non ho temuto la minaccia della morte, che sono stato sempre duro, e non mi sono sottomesso a nessuno della mia razza; che avrei preferito una morte coraggiosa ad una vita impaurita . . . spacco il cielo e volo al infinito. Quello che gli altri vedono da lontano, lascio dietro di me.

EMILY
I will finally be able to fly and get away from the winter.

RINALDO
Dorotea, muero feliz de saberme amado.

SEFA
I don't like to think there is a better place than this.

BRUNO
Chi non si eleva ai pari di Dio non lo può mai capire, perchè il simile non è intelleggibile tranne al simile. Vola alle altezze d'una grandezza oltre misura, liberati dai confini del corpo, trascendi la temporalità, diventa l'Eternità sè stessa; solo allora potrai conoscere Dio. Credi che niente sia impossibile per te; credi d'essere immortale e capace d'una comprensione universale, di tutte le arti e le scienze, e della natura d'ogni essere umano. Vada oltre all'altezza più alta e la profondità più profonda. Senti tutte le sensazioni della Creazione— del fuoco e dell'acqua, del secco e del umido— immaginando che la tua anima si estendi dovunque, sulla terra e nel mare, al cielo; che tu non sia ancoro nato, che sia ancora nel utero materno, che sia adolescente, vecchio, morto, oltre alla morte.

Se accogli i tuoi pensieri, e tutte le cose ad una volta: le epoche, i luoghi, le sostanze, le quantità— allora capirai che cos'è Dio.

O sfere luminose,
O guardiani dei segreti e le verità della natura,
Siete la scala dove la natura scende alla produzione di
    tutte le cose
E dove l'intelletto sale alla conoscenza di tali cose,
L'uno e l'altro tornano all'untità.

EMILY
In life, we build castles that slowly wash away, in death, we wash away and a castle that is built upon us . . .

RINALDO
Parte ya mi alma, termina mi desvelo.
Infeliz vida he vivido, mas muero satisfecho.
Se me ha dado la verdad de la tierra y del cielo.
Mi amor, nunca consumado, fue un hecho,
Y sé que una vez habiendo partido
Mi memoria no será perdida,
Sino que persistirá, como la hiedra
Que dará nombre a cada sombra, y a cada piedra
Vosotros en mí y yo en vosotros,
Un hechizo de Tepoztlán me hizo errar
Pero fue en mis errores que hallé la medida,
Y serán ellos que muestren la verdad
Para los otros que vengan a la tierra
Y sepan leer entre las líneas de la vida.

[Telón]

NOTA

Este libro se publicó originalmente en edición limitada en conjunción con la exposición *Las Brujas de Tepoztlán (y otras óperas inéditas)* que tomó lugar en la galería Enrique Guerrero de la ciudad de México en marzo del 2007.

Perfil del autor

Desde su inesperado nacimiento en Tacubaya, en la ciudad de México, en 1971, Pablo Helguera inició una batalla existencial con tres cosas: la nostalgia, la ficción, y el significado del arte. Su familia recuerda que a los cuatro años, al escuchar una pieza musical, Helguera afirmó: "me gusta mucho esta música: me recuerda a mi infancia". Miembro de una familia que por tres generaciones ha tenido la música clásica como gremio, tomó clases de piano y canto para luego gravitar inexplicablemente hacia las artes visuales. En una de sus primeras exposiciones, *Babel* (1993), en el instituto de arte de Chicago, Helguera hizo una re-escenificación exhaustiva de una casual fotografía tomada en 1943 en Xochimilco, donde aparecían su padre y un negociante chicaguense. En 1994, habiendo descubierto la tradición del performance art como su extraña vocación, fundó el fallido *Circorama de la Nostalgia Operística*, un proyecto que consistía en facilitar vivencias extrañas y memorables para el público. *Estacionamientos* (1998) presentado en el espacio Tallería en la colonia Roma de México, fue una exposición "multi-individual" o "uni-colectiva" que presentaba a catorce heterónimos artísticos, variados en estilo, edades, procedencias, y estéticas. *Parallel Lives* (Vidas Paralelas) (2003), presentado en el Museo de Arte Moderno de Nueva York y en la galería Julia Friedman, consistió en la reconstrucción de las vidas de cinco personajes idealistas y excéntricos, todos incomprendidos en su época: Friedrick Fröebel (el inventor del Kindergarten), Florence Foster Jenkins (la peor soprano de la historia), Giulio Camillo (el inventor de un teatro de la memoria), Ward Jackson (el archivista del museo Guggenheim) y los Shakers (un grupo religioso casi extinto en los Estados Unidos). La exposición, con una guía acústica narrada por Fred Wilson, consistía en varios objetos que ilustraban simultáneamente las cinco biografías.

Más recientemente, Helguera realizó los proyectos *Conservatorio de lenguas muertas* (2004–), un compendio de grabaciones fonográficas de lenguas en vías de extinción, y *La escuela panamericana del desasosiego* (2006), un viaje por tierra desde Alaska hasta Tierra del Fuego, circundando la carretera panamericana con una escuela ambulante. Su obra forma parte de la colección del Museo del Barrio de Nueva York, así como de varias otras instituciones y museos. En 2005 presentó el performance *The Foreign Legion* (La legión extranjera) (2005), una ópera consistente en cuatro mesas de debate que se van intercalando entre sí. Es autor de los libros *Endingness* (Terminalismo) (2005), un ensayo sobre el arte de la memoria, y el *Manual de estilo del arte contemporáneo* (2005; versión en inglés 2007), un libro de etiqueta social para el mundo del arte.